최부희 시집

한 박자 쉬고 반 박자 더

이 도서의 국립중앙도서관 출판예정도서목록(CIP)은 서지정보유통지원시스템
홈페이지(http://seoji.nl.go.kr)와 국가자료종합목록시스템(http://www.nl.go.kr/
kolisnet)에서 이용하실 수 있습니다.
(CIP제어번호 : CIP2020034690)

최부희 시집

한 박자 쉬고
반 박자 더

지구문학

살아오면서 매 순간 느끼는 생각을 글로 표현한다는 것은 쉬운 일이 아니다. 그런데 어느새 글을 쓰고 있는 나를 발견할 때엔 피식 웃는다.

글은 쓰고자 한다고 해서 쓰이는 것이 아니라, 쓰고 싶은 마음이 간절할 때 가슴으로 쓴다는 것을 깨달았다. 그러다가 어느 날 글쟁이가 되고 말았다.

그동안 삭힌 글들을 버리고, 채우기를 반복하다가 틈틈이 쓴 글 중 팔십 편을 골라 이제야 넓은 세상에 내보낸다.

마침 여름이라 발가벗은 가슴은 덜 시릴 것 같아 다행이다.
그래도 이 순간은 기쁘다.

그러면 됐다.

2020년 한여름 날에
최 부 희

차례

제1부 호미

제2부 어떤 날

차례

제3부 움터에서

제4부 봄을 쓰다

제 1 부 호미

바늘

촘촘히 엮인
틈새를 비집고

구불구불한 길
거리낌 없이
들락거린 삶

지난 자리
겹겹이 쌓은 정은
무늬결로 다가와도

네 가슴 울린 날들은
회한으로 남겠네.

호미

날을 세워 휘젓는 낫을 부러워하랴
흙이 반기는 것은 무딘 날
고부라진 온몸으로 흙 속 깊이 파고들어
오늘도 메진 가슴 얼마나 풀어줄까

개나리꽃 피는 날에 밭이랑을 보듬으면
겨우내 기다리던 흙 몽우리 눈을 뜬다

밭이랑의 추억들이 밭고랑에 새겨지면
닳아 남은 반쪽 날과 슴베만 홀로 남아
쓰르라미 동무 되어 밭고랑에 누워볼까

도랑물에 추억 씻고 허리를 펴면
밭두렁 너머에서 미소 짓는 아낙네여
종다래끼 비었거든 내 이름을 불러주오
눈빛으로 불러주오.

벽시계

한 자도 안 되는 공간을 맴돌며
새벽과 밤을 인내하는 넌
세상을 끌어안는 힘을 가졌구나

뒤돌아볼 수 없기에
차마 과거는 잊고,
오늘도 늘 같은 소리로
살아있음을 알리지만

혼인날 잡은 연인에겐
어떤 존재가 되고
내일이면 떠날 사람들에겐
어떤 의미로 다가갈 것인가?

즐겁게도, 슬프게도
목숨 다하는 날까지
잠시도 쉬지 않고 맴도는 넌
어지럽지도 않더냐?
지난날들이 생각나지도 않더냐?

세상의 앞날을 다 아는 듯
욕심도, 불만도 모르는 바보처럼
늘 웃고 있구나

심장은
뚝, 뚝 흐느끼고 있구나.

다림질

하루하루
챙기지 못한 일상의 조각들이
촘촘히 짜인 사각 틀에 채워지면
비로소 나는 옷을 벗는다

어제의 흔적 지우려고
물에 헹궈 비틀어 짜고 나면
휑한 가슴과 오래된 얼룩만 남아
구겨진 추억 잊으려고
오늘도 다림질한다

찌든 주름 깊어지기 전에
새로운 길을
뜨겁게 달구며 나서면
주름진 시간 환히 펼쳐지리니

이것은
오랫동안 습득한
나의 삶.

쟁이

나에게
쇠를 깎으라면 신이 나지요
나무를 깎으래도 신이 나지요
보태는 것보다 깎는 것에 더 신나는 사람
그래선지
콩나물값 깎는 것도 솔솔 재밌다

어느 날
이런 생각이 문득 났다
이젠 깎지 말고 붙이며 살까
쇠와 나무를 붙이고
나무와 흙을 붙이는 사람

이왕 붙이려면
이백이십 볼트 흐르는 용접봉으로
사람과 사람을 붙이는
그런 쟁이.

연필을 깎으며

부러진 연필을 깎는다
제 몸 깎일 때 사각거리는 소리
절규가 아닌, 꿈꾸는 소리일지도 몰라

조금씩 속살 다 드러내면
빼꼼히 나오는 검은 심장
치부라기보다는 본 모습일지도 몰라

여백으로 다가가서 네 모습을 담아볼까?
꿈결로 다가가서 네 품속에 안겨볼까?

오늘도
무뎌진 마음속에
아무렇게나 버려진 분신들을
추억의 통에 담는다.

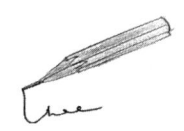

선線

시작과 끝이 있다

내가 그어놓은
넘어야 할 선과
넘지 말아야 할 선의
경계에 다다르면

시간은 늘
기쁨과 고통과 갈림길에서
주저함을 허락하지 않는다

삶의 무게는
굵기로 나타내고
삶의 질은 색깔로 말하며

올곧게 살 것인가?
부드럽게 살 것인가는
직선과
곡선으로 답한다.

평행선

직선과 직선이 떠돌다가 함께 가는 길
마주 바라볼 수 없어도 함께 가는 길
한 곳으로 만나지 못해도
꿈이 닮아 평행선이 되었다

꼭짓점으로 만나지 못했던 것은
오래오래
곁에 두라는 운명

그러나
견우와 직녀처럼 애절한 삶은 닮지 말자
일정한 거리에서 하루 한 발자국씩 다가가
원자와 원자 간의 거리까지 이르면

서로 밀고 당기는 연인이 되어
늘 곁에서 그 자리 지켜주는
두 선이 되리

두툼한 평행선이 되리.

원을 그리며

선의 시작과 끝이
만날 때까지
모나지 않아야 한다

처음 떠난 자리로 다시 만나기 위해
일정한 거리에서
한 점만 바라보아야 한다

잠시 머뭇거리다가
울퉁불퉁한 원이 되었다면
다듬고 채워야 한다

세상에 진원이 어디 있으랴
진원을 닮아가고 있는 거지

주름진 삶일지라도
언젠가는 먼 길 돌고 돌아
처음 그 자리에서 만날 수 있다면
동그라미 미소로 껴안는 거지.

냉장고

겨울을 닮아
냉랭한 그대

짜릿한 두 젖줄로
밤새 울어대다가

지나가는 길손 불러
침묵 속에 매어 두면
욕망의 심장 모두 멎으리

늦은 밤에는
네 집 앞 서성대다가
살며시 문을 열면

깊숙이 채워진 비밀
다 드러내고
시원한 눈길로
유혹하는 그대.

아이야

아이야
배가 고파 우느냐
혼이 나서 우느냐

하나의 아픔을 참으면
하나의 기쁨이 오고
수많은 아픔을 참으면
큰 기쁨이 온단다

세월 지나 어른이 되면
배고픔보다 더 큰 아픔은
애달픔이라는 걸

울지 마렴
아이야.

남과 여

한 남자가 앉아 있다
오른손에 잡은 풀들
낫이 쳐다본다
연속된 생사生死의 순간
온몸에 구슬땀 맺힐 때
남자는 일어난다
왼손 앞에 쓰러진 풀들을 내려 보며
장갑도, 장화도 벗어 던지고
물을 마신다
온몸은 기쁨에 취한다

한 여자가 서 있다
도라지꽃으로 만든 화관을 쓰고
양손에 들꽃 가득 안았다
눈에는 별들이 솟아나고
입가엔 장미꽃 피었다
매미의 긴 구애가 시작될 때
여자는 앉는다
꽃반지를 매만지며

지난 일들은 모두 내려놓고
꿈을 마신다
온몸은 기쁨에 취한다.

수세미

죽어서도 제구실
더하는 삶

모든 것 내려놓고
앙상한 뼈만 남아야 한다

먹다 남은 김칫국물과
세상의 찌든 때까지 머금어야 한다

벽에 걸린 너는
지금
무얼 하고 있는가.

책을 보며

빨강, 파랑, 까만 펜을 바라보다가
하얀 시트 위의 색동저고리를 생각한다

긴 시간을 동여맨 원고가
진한 향기로 다가오던 날
옷고름 펼칠 때마다 떨리던 그 손길을 기억한다

깨알 같은 활자 속에 응고된
기쁜 고독과
아픈 희열의 시간

흩어져 있던 영혼들이 하나 되어
돌아오는 것 같아
차마 더 펼치지 못하고 그 자리에 섰다.

채움에서 버림받은
언어의 조각들을 분리수거를 할 때
재활용과 폐기의 경계에 서서
머뭇거렸던 시간을 생각해 본다.

한 박자 쉬고 반 박자 더

우리들 삶 속에는
늘 흥이 있어
나의 노래 한 소절마다
맛깔스레 우려낸 추임새엔
얼씨구, 좋다가 있고

오선지 마디에는
쉼표와 음표가 앉아있듯이
삶의 마디에는
일과 쉼의 추억이 남아있다

쉼 없는 삶은 어떻게 노래할거나

삶이 흐트러지면 반 박자 쉬고
삶이 지칠 때면 한 박자 쉬자

나를 비운 자리에는
힘든 사람 쉬어가게
반 박자 더
남겨두자.

밥

때가 되면
늘
네 이름 불렀지.

어제도
오늘도
살아있는 언어

밥 먹자.

내 이름은

부러움 가득 안고 입양되던 날, 난생처음 배불리 먹고 당신의 품속에서 잠들었습니다. 내 이름은 지갑이라 불립니다. 언젠가 버림받을 운명이지만 잉크 향에 코가 멀고 당신의 심장소리와 숨소리에 익숙한 나에게 가끔 세상 구경시켜 주는 당신을 주인이라 부릅니다. 옛날엔 배가 고프거나 조금만 상처가 나도 치료해 주었다던데 요즘은 아픈 곳 치료해 주기는 마다하고 뒤집어서 휙 버린답니다. 나는 옛적 푸른 들판을 뛰어놀던 양으로 태어나 목동의 피리소리를 자장가 삼아 초원에서 꿈꾸며 살았답니다. 그대들에게 몸 바치고 오직 남은 것은 빈 껍질뿐입니다. 지금은 당신에 의해 지갑으로 살아왔지만, 세월 지나 우리 다시 만나게 된다면 그땐 역할을 바꿔서 한 번 살아보고 싶습니다.

매미

어둠 속에서
칠 년을 기다려온
순정

이 여름 다 가기 전에
우리는 꼭
만나야 한다

나 여기 있소
매애앰
매앰
맴.

아프지

세상살이가 그래
다 그런 거야

아프지? 나도 아파
눈으로는 웃어도 가슴은 아파
그러나 난 참는 거야

그래도 난 웃을래
그래야만 되니까

사랑은 웃는 거래.

가시내야

봄꽃 같은 얼굴
가리려고
갓 쓴 아이야

뒤돌아 눈물지으며
위안부로 끌려
가시는 아이야

아직도
내내 설움
가시내야.

제2부 어떤 날

흐름에 대하여

변하지 않는 것이 어디 있으랴

군화에서 운동화를 신고
노랑 물결이 거리를 물들이고
대낮에는 태극기가 펄럭이고
밤거리는 촛불로 환해지고
동서와 남북이 나라를 흔들리더니
어느 날 산천초목 푸르게 물들었다.

물을 막아 저수지를 만들고
바람을 막아 고요함을 만들고
역사를 막아 담을 만든다 해서
삶의 질이 더 좋아졌던가?

흐르는 물길을 가둬 만든 댐도 누군가가 빼어낸 한 장의
블록으로 무너진다는 것을 역사의 장場을 통해 우리는 알
고 있다.

기계공학은 힘의 흐름을

한의학은 기의 흐름을
정치학은 권력의 흐름을
경제학은 돈의 원활한 흐름이란 것

세월의 흐름도 많은 것을 바꿔가고 있다.
남자에서 여자로
장년에서 청년으로
아날로그에서 디지털로
오프라인에서 온라인으로 바뀌는 세상

이제 생각의 흐름도
받는 것에서 주는 것으로
무관심에서 관심으로
팍팍함에서 여유로움으로
미움에서 사랑으로
괴로움에서 즐거움으로 바뀌고 있다.

오천 년 역사에서 배웠듯이
그냥 흘러가는 것과

흐를 수 있다는 것은
즐거움을 넘어 큰 행복이다.

닳음에 대하여

부러지지 않고
닳는다는 것은
슬퍼할 일이 아니다

호미가 닳고
삽이 닳는다는 것은

오랜 시간
더 약한 것을 만났기 때문이다

뼈마디 깊숙이
닳고 닳은 삶은

호미의 살결과 무엇이 다르랴.

익숙함에 대하여

익숙해진다는 것은
따뜻함과 차가움을
눈빛으로 알아채는 것

늘 마주하는 사람들과
오랜 친구를 보면 마음이 편안해지고,
길가의 은행나무와
푸른 하늘에 정이 더하는 것은
익숙해져 가고 있기 때문이다

익숙함이란
있는 건지, 없는 것인지도 모르게
다가왔다가
말없이 떠나고 나서야 알아채는 것

더 가까이 다가서지 못하면서
사소한 말에도 억지 부리던
지난날들이 있었기에
이젠

심술까지도 받아줄 수 있게 된 것은
익숙함의 소중함을 잊지 않았기 때문이다

삶이란 늘
설렘 가득 안고 새길 떠나는
나그네이거늘
익숙해진 눈빛을
애틋하게 맞이하자

찬 바람 불기 전에.

고추장 담그는 날

– K교수 정년퇴임에 부쳐 –

삼십 년이 지난
항아리를 쳐다보며
지난날들을 회상해 봅니다.

쭉정이는 골라내고
동글동글한 메주콩만 골라
가마솥에 푹 삶고선

반듯한 틀에 넣고 밟아주던 시간과
아랫목과 처마 밑에서
뜸들이고 숙성시키던 날들이
엊그저께 같은데

뙤약볕과 혹독한 비바람 속에서도
항아리 속에 품은 꿈들과 함께한
숙성의 날들은
삼십 년을 훌쩍 넘겨 버렸습니다.

아무 말 없이

평생을 다 퍼준
항아리 속에는 지금
손 주름이 덕지덕지 붙어있습니다.

장독대 위의 항아리는
다 먹을 때까지 옮기지 마라시던
어머님의 말씀처럼

지금까지
강단을 떠나지 않고
늘 웃음을 잃지 않는 소박한 들꽃처럼
달밤에도 더 아름다운 찔레꽃처럼
살아왔습니다.

이제
그리움은 모두 보내고
기쁜 발걸음으로
오늘은
새 항아리에 고추장 담그는 날

지난날들을 생각하며
열정의 불꽃처럼
곱게 익어갈 항아리 속의
장밋빛 고추장이
기다려집니다.

파도

바람결 같은
보드라운 눈매로

석양에 빛나는
발그레한 살결로

배꽃처럼
수줍은 미소로

살포시 다가와서
사르르 잠드는

파도여.

그런 사람

내가 좋아하는 사람은
오후 내내 입 다물고 빈자리 지킬 때
수줍은 미소로 다가와
소소한 이야기로 휑한 가슴
채워주는 사람

막걸리와 파전이 댕기는 날엔
해맑은 미소로 다가와
술 한잔하자고
보채는 사람

잠 못 이뤄 뒤척일 때면
그럭저럭 한세상 살면 된다면서
조용히 웃어주는 사람

가진 것 없어 남루한 모습일지라도
맑은 영혼으로 다가와
늘 함께하자며
두 손 내미는 그런 사람.

행복한 할아버지

이젠
좀 쉬고 싶어요.
수레바퀴처럼 바쁘게 굴러왔잖아요.

주머니 속엔
동전 몇 푼과
한 갑의 담배가 아직 있잖아요.

또,
집에 가면
반겨주는 할망구까지
빨리 달리는 바퀴를 부러워하지 않는답니다.

행복한 할머니

우즈베키스탄 타슈켄트 길거리의 한 모퉁이에서 쭈그리
고 앉아 과일을 파는 여인이 있다. 그 여인은 고려인으로
작달막한 키에 그은 피부와 깊게 팬 얼굴의 주름 속에는
지나간 우리의 아픈 역사가 담겨 있었다. 그 할머니가 돈
을 세고 있다.

이 돈이 어떤 돈인데
아들, 딸 다 떠나가도
너는 있어야 해

원수 같은 돈 때문에
이 청춘 다 지나갔어도
너는 있어야 해.

이 웬수야 웬수.

기쁜 날이어라

그대 눈은
아침 햇살 빛나는 꽃이어라
그대 마음은
저녁 붉게 물든 노을이어라

말없이
가까이 다가설 수 있는 날이
오늘이라면
기쁜 날이어라

아침햇살과 저녁노을을
함께 볼 수 있는 날이
내일이라면
더 기쁜 날이어라.

선생과 생선

어쩌다가
개도 먹지 않는다는 선생 똥을
삼십여 년이나

처음 교단에 서던 날 많이 설렜고 떨렸었는데
어느 날 학생들에게 이런 말을 해 버렸지
"선생을 뒤집으면 생선"
강의실 교단을 도마로 생각하면
나는 늘 도마 위에서
싱싱한 생선으로 남고 싶다고

살아오면서 그 약속 지키지 못해 냉동실에 들락거리다가
"유통기간 곧 다가옴"을 보는 순간
무뎌진 설렘과 떨림의 회한

이젠 그날이 오기 전에
도마 위에 남고 싶네.

오늘 하루

오늘 하루가 내 생의 축소판이라면
지금쯤은
차곡차곡 채워진 오늘을 회상하며
미소 짓는 시간일 거다

새벽바람 찾아들면
눈 비비며 시작되는 하루를
맑은 미소로 맞이할 수 있다는 것은
늘 곱게 남아 있는 네가 있었기 때문일 거다

살아오면서
특별한 의미를 주지 못한 일상을 떠나서
눈빛으로 커피를 마시며
뜨겁게 가슴 달구던 그런 시간과

하루가
마감되는 이 순간이
생의 마지막이라 해도
초연한 모습으로 널 그리워 할 거다.

어떤 날

어떤 날은
아주 짧은 순간
가까운 곳에 머물다가
먼 곳까지 흘러가고

어떤 날은
삶의 방향을 그냥 놓았다가
다시 잡아들고선
그냥 달려갔지만

지금은
가슴 한쪽에
바람난 외톨이 전자처럼
매 순간을 들락거려도

그 무엇이
채워지지 않는
이 허기는
저 별빛만 알고 있다네.

허공

허공은
빈 잔 깊숙이 늘 채워주고 있었지만
채움에 밀려나도
침묵이다

허공은
늘 그 자리에서
선택하려 하지 않는다

밤하늘 아래
작은 도시의 익숙한 공간은
내 삶의 빈 잔

허공으로 채워진 잔을
바라보다가
침묵을 마신다.

산다는 것은

산다는 것은
어쩜 사형 날짜를 잡지 않은
무기수와 같아
늘 뻔한 세월 속에 살아가는 것 같지만
항상
그렇지만은 않아
어떤 날은 그렇게도 신났다가도
어떤 날은 그렇지 않은 날들도 많아
하루를 예측 못 하는 것

어쩜
내일을 예측할 수 있다면
삶의 멋은 더 없을 것 같아
그냥
모르는 척하면서 살아가는 거지 뭐

좀 있다가
눈을 감으면
잠이 들고

꿈속에서 새 삶을 살다가
아침이면
또 하루가 시작되는 거지 뭐

참 웃기지
왜 살지.

어떤 사랑

뜨거운 사랑을 할래?
오랫동안 사랑할래?

으음
따뜻한 사랑을
오래오래 할래

내가 좋아하는 것 말고
네가 좋아하는 것을
주면서.

수줍음

수줍은 꽃이 아름답고
수줍은 미소가 더 아름답듯이
어눌한 미완성의 삶에 정이 듭니다.

남루한 옷을 걸쳤어도
해맑은 미소로 다가오는
해와 같은 사람이
비 오는 오후엔
더욱 생각납니다.

그래선지
세상사는 맛납니다.

눈웃음

애잔한 음악이 흐르는 다방
자리를 일어서려는데

마담의 눈웃음

왜일까? 하면서
나왔다.

행복은

행복해지고 싶으면
불행이란 말을 꺼내지 말자

행복은
늘 편안한 곳을 찾아 스며들기에
불편한 것으로부터 자유로워질 때
찾아오는 것

진정 더 행복해지고 싶다면
내가 좋아하는 것보다
네가 좋아하는 것을 주자
그냥.

젬베 Djembe

가끔
울고 싶은 날 있다
서아프리카 밤바라족 소녀의
애환 담긴 소리로

빈 나무통에
염소 가죽을 씌워 만든 젬베를
허벅지에 끼고 두드리면
떠난 사람과 마음을 통하게 해 준다는
영혼의 소리 울려

나무와 함께 울고
염소와 함께 울고
세상살이와 함께 울다 보면

신명나는 울림이 되고
몸짓이 되어

어느새 닫힌 빗장 열고

젬베를 연주한다.

와넨, 투엔, 쓰리엔, 포엔
와니에나, 투이에나, 쓰리에나, 포이에나
완티타, 투티타, 쓰리티타, 포티타
둥구, 닥꾸, 둥구, 닥꾸하며 정박자로 연주하다가

가끔 엇박자와
못 갖춘마디의 여린 박자가
감칠맛을 더해 주듯

우리 인생도 어긋나고,
못 갖춘 삶에 정이 더해지는 것은
채움의 미학이 아직
남아 있기 때문이다.

한 번 다녀왔습니다

담요 위에 지도 그렸다고
발가벗긴 채
소금 얻으러 이웃집을
한 번 다녀왔습니다

엄동설한에 두 손 호호 불며
머나먼 학교도
한 번 다녀왔습니다

군대도
장가도
한 번 다녀왔습니다

한 번 더 다닐만한 곳은
진정
아니었습니다.

제3부 움터에서

작은 집을 짓자

새해엔
정다운 사람들이 모여
그리움에 언 손 녹여줄 작은 집을 짓자

양지바른 산자락에 아담한 터를 잡아
고향의 흙과 물로 벽돌을 쌓고
달도 별도 쉬어가는 넓은 창을 만들자

눈 내리는 밤엔 오순도순 마주 앉아
화롯불에 알밤 구워 온정으로 배 채우며
정답게 살아갈 작은 집을 짓자

봄이 오면 터알 일구어 우리 사랑 심어놓고
아침저녁 보듬으며 작은 꿈 키우는
꽃바람도 시샘하는 그런 집을 짓자.

*터알 : 뜰 안의 작은 텃밭(터앝)

68

십 리 길

태백초등학교에 다닐 적에
수업이 끝나는 오후엔
빈 지게를 지고 산에 올라가서
화전민이 심은 무를 뽑아
지게에 한 단을 지고
십 리를 내려오면
십 원을 받았다

태백중학교에 다닐 적에
어둑한 저녁이 되면
땔감 열 단을 지게에 지고
십 리를 걸어가면
팔십 원을 받았다

한참 세월이 지난 지금
주말이면
지게 대신 배낭을 메고
십 리를 걸어가도
한 푼 못 받는다.

툇마루에서

지난날 그 자리에
몇 계절을 보내면서 그냥 있었어
바람과 햇살은 변했을지 모르지만
깊은 호수처럼

고즈넉한 달밤을 품을 때도 그랬고
상쾌한 아침 햇살을 안으면서도 그랬어
편안한 엄마의 품처럼 늘

어젯밤 그 자리에서 커피를 마셨지
오늘 아침에도
커피 향은 같은데
맛이 다른 것은 무엇 때문일까
이렇게 하루를 보내며
내일을 위한 과분한 꿈은 또
얼마나 간직해야 하나

잡고 싶은데
잡고 싶은데

잡을 수 없는 것은
새벽 햇살을 품은 물안개 같은 님이기에
차마 손 내밀지 못하고

오늘도
툇마루에 걸터앉아
서쪽 하늘로 꿈을 내민다.

탄광촌에서

눈 내리던 날
까만 지붕이 하얀 빛 소복으로 갈아입던
태백의 풍경이 생각납니다

어느 날 탄광의 갱이 무너져
죽은 동료의 소식을 전하려고
눈길을 허겁지겁 달려와서는
떨리는 소리로
"옷 가지러 왔습니다."
소리에
온 가족을 울음바다로 만들었던
기억들이 생각납니다

오늘처럼
첫눈 내리는 날에는
소꿉장난하던 친구들의
까만 얼굴들이
눈처럼 하얀 얼굴로
다가올 것만 같습니다.

움터에서

글쟁이 움터의
도랑 옆에
반가움터라는 정자에서
등불을 끄니
도랑물소리 은은하다

어둠 속에서
술이 술잔 속에
들락거리는 것은 익숙하지만
술안주로 다가서는 젓가락질은
세상 사는 만큼 서툴다

서툰 솜씨 익숙해지면
빈 술병과
빈 접시만 남아
새벽을 기다리리니.

2020. 2. 23 서예

밤이슬

기쁨 속에 묻혀 있던
외로움 고개 들면

침묵의 소리에
가을이 젖어

달그림자에
그리움 매달더니

새벽닭 울음소리 안고
길 떠나는
나그네.

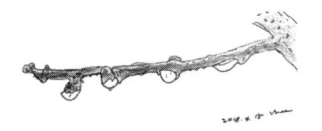

너와 나

산언저리에 걸터앉아
묵은 근심 떨구니 쉬파리 찾아들고
바위틈에 걸터앉아
차 한 잔 마시니 나비 한 쌍 찾아든다

네가 나를 찾았느냐
내가 너를 찾았더냐?

피고 지는 들꽃 속에
해와, 달이 안겨 있듯
계곡의 바위틈엔
우리 인연 녹아 있다

아
자연의 풍광이 바로
내 모습이란 걸

너와 내가 함께할 때 나비야 찾아오고
내 떠나거든 쉬파리야 찾아오렴.

두 그루의 나무

더 가까이 오지 마세요
햇빛이 떠나간대요
너무 멀리 가지 마세요
달빛에 외로울 테니
저만치 다가오세요
잡힐 듯 말 듯
애틋한 곳으로

사람들도 그럴 거예요
너무 가깝지도
멀지도 않은 그곳에서
늘 지켜주는 우리처럼
그렇게.

고요한 밤에는

고요한 밤에는
철들은 웃음보다
산짐승 울음소리에 귀가 가는 것은
낮과 밤의 주인을 알아챔이다

어둠에 덮인 수평선이
수줍음을 감출 때면
파도에 젖은 치마를 별빛으로 말리다가
젖은 이불은 달뜨는 날까지 기다려 볼까나

손깍지에 봉숭아 물들이던 시절의 꿈은
어디에 꼭꼭 숨어 있고,
남의 비단 치마를
홍두깨에 둘둘 말아
다듬이질로 밤을 지새우던 어머니가 생각나

오늘은
굿거리장단으로
밤공기를 깨운다.

잡초

네가 키운 꽃들을 보라
향기까지 아름답지 않더냐?
누군가가 미워해도 들녘의 주인은
바로 너

사람들은 봄을 기다리는데
너의 봄이 슬퍼지는 것은
언젠가 버림받을 운명을 알기 때문
그냥 밟고만 가도 좋으련만
온몸이 잘리고, 내동댕이치어도
풀 향기로 살아있음을 알리는 그대여

운명인 양
떠나야 할 사람들 앞에서는
한 마디 말 못 하고
뙤약볕에 홀로 누워 어미를 부르다가
밤이슬로 하루를 살아가는 질긴 유전자

세상 사람들이 뭐래도

달빛 품속에 한여름 지켜내면
찬 바람 불어
밉도록 정든 인연 뒷모습 보일 때
너의 푸른 가슴 열고 들녘 위에 꽃피워라

약초로 개명되는 그 날이 올 때까지.

저녁 하늘을 보며

누군가의 그림자를 아름답게 느껴 보았는가?
누군가와의 흔적들을 아름답게 느껴 보았는가?

저녁 하늘을 바라볼 때면
구름 사이의 비 그림자와 바위틈에 새겨진 네 흔적이
내 맘을 요동치게 하는구나

오늘처럼 보슬비 오는 날
움터에 걸터앉아 먼 산 바라본다
어미 새는 벌레 찾아 날갯짓하고
새끼 새의 찌르륵 찌르륵
이젠 익숙한 저녁 소리

잡초가 고추보다 더 자란 밭엔
내 맘의 꽃 만발하고
배 채운 새끼 새 곤히 잠들면
매화나무 잎에 맺힌 옛 추억이 뚝 뚝 떨어지는구나

그리워서 채운 잔 비우니

먼 슬픔 오던 길 잃었고
문밖에 걸터앉아 있던 긴 외로움은
내리던 비 데리고
제 갈 길 떠나는구나

발등에 녹아드는 빗방울의 인연이
옛 추억 속 깊이 스며들어 눈망울 커질 때
산자락에 걸터앉아
저녁 하늘을 바라본다.

사랑이다

물 위에 떨어진
나뭇잎을 받쳐주는 것은
사랑이다

지구 위에 떨어진
내 몸을 받쳐주는 것은
큰 사랑이다

내게 채워진
너를 받쳐주는 것은
영원한 사랑이다.

그대에게

밤새 머뭇거리다가
새벽 강 언저리에서
독백하는 사람

흐르는 강물 속을
서성거려도
강바람마저 외면하는 날

얼어붙은 강가에도
봄은 오지만

시간이 붙잡힌
그리움 녹을 때까지
차마
기다리리.

님의 눈물

누가 만들었기에
이렇게도 송골송골 맺힌 샘물이던가

눈물을 감추려고
뒤돌아 화장실 들락거리지 않은 사람
아마 있을까?
눈물을 감추려고
눈곱 있는 양
눈을 비벼 아래턱까지 훑으며
눈시울을 손으로 한두 번씩 닦아본 적 없는 사람
없을 거다

때론 달 밝은 밤
장작불을 지피다가 타오르는 불덩이를 안고
어머니 생각에 눈물을 닦아본 적 없는 사람
아마 있을까
님의 눈물을 보는 이의 그 아픔이란
무엇으로 비교하겠냐만
울음 샘이 마르고 나면

그냥 민망스레 웃고 말 것을
우리가 살아가면서 느끼는
어설픈 사랑은 한 줄기 눈물로 보내고
진한 사랑의 눈물은 오래오래 간직하자

언젠가 함께 웃을 눈물도 고이 간직하자.

혼자가 아니듯이

별들이 잠들면
밤이 걷힐 것을 생각한다
그리고 맞이할 아침을

멀리 떨어져 있다고 해서
혼자가 아니듯이

보이지 않으면 어떠하랴
눈 감으면 되지
외로우면 어떠하랴
향기 묻은
추억 하나 있으면 되지

밤새 매만지던 그리움이
숨결 깊이 배어나니
멀리 떨어져 있다고 해서
혼자가 아님을
새벽이 다가올 때 알았다.

사랑이란 이름

기쁨 속에 묻혀 있던
외로움 고개 들면
침묵의 소리
기다리다가
가을이 젖어

당신의 혼적
깊은 곳에
회한으로 채워지면
이슬처럼 맺히는
사랑이란 이름.

빈 의자

누굴
기다리나

어제도 그랬듯이
행여나 하는 마음에 떠나지 못하고
당신을 기다리는
나는 빈 의자

기다림으로 채워진
가슴에
햇빛 물들면

꽃바람 타고 올 것만 같은
따뜻한
품이 그립다.

기다림

달이 낳은 이슬
해가 머금고
이슬이 구름 되어
해를 먹는다

구름이 낳은 비
내 목을 적셔도
타오르는 내 갈증
언제 풀리려나.

삶

스치는 바람을 생각해 본다
머물러 있었다면
어땠을까?
숨 쉴 때마다
바람의 고마움을 못 느끼지만
잠시도 참기 힘든 생명

흐르는 강물도 생각해 본다
돌부리 가득 쌓은 둑이 있었다면
어땠을까?
가두려 하지 말고
생긴 대로 그냥 바라만 보자

세상을 내 뜻대로 만들 수야 없겠지만
만들려 하지도 말자

스치는 바람결과
흐르는 강물 속으로
흘러가다가

행여 그댈 만난다면
그땐
두 손 꼬옥 동여매어
놓치지 말자.

신랑바위와 각시바위

금성 총각이 봉양 처녀를 만나 행복하게 살았는데 어느 날 각시 친정어머니의 삼년상으로 인해 서로 떨어져 산 하나를 두고 밤마다 그리워하며 지내다가, 죽어서 서로를 바라보는 돌로 변했다. 이 바위를 신랑바위와 각시바위라 부르는 전설이 있다.

뜰 앞에
신랑바위와 각시바위가 서로 마주 보고 서 있다.
여자는 신랑바위 위에,
남자는 각시바위 위에 앉아
단 하나의 소원을 말하면 들어준다는 바위

등산객이
신랑바위 위에 앉아
하나의 소원을 빌었는데
다음 날 소원을 들어주었다는 바위

어떤 이는
신랑바위 위에 앉아

두 개의 소원을 들어달라고 했더니
하나도 들어주지 않았다는 바위

천년 세월을
햇빛과 별빛 아래서
눈보라 비바람을 껴안고 사는
신통하다는 바위

다시 태어날 수 있다면
신랑과 각시로 살고 싶다는
그 바위.

제<big>4</big>부 봄을 쓰다

봄을 쓰다

꽃망울 터지는 소리에
놀란 글 꼬리

자음이 고개 들면
모음도 꼬리치는 날

바위틈에 피어나는
아지랑이를 바라보며

이슬 머금은 손끝으로
봄을 쓰다.

제비꽃을 보며

봄날, 호미질하다가
돌 틈에 핀 제비꽃을 보았다

겨울을 듬뿍 채운
연보랏빛 웃음으로
다가오는 앉은뱅이 꽃

더 나지막이 고개 숙여 다가서면
친구처럼 반기는
그 눈빛에서 겸손을 배웠다

봄에 피는 풀꽃에는 배려가 있어
앙증맞은 제비꽃을 피우고 나서야
키다리 접시꽃이 피어
함께 어울려 살아가는데

배려도, 어울림도
모르는 세상 속에
우리가 살아가고 있다.

봄 그리고 꽃

봄에 피어나는 꽃

자기의 색깔을
부끄럼 없이 펼치고선
내려앉을 수 있는

그 의연함.

홍매화

분홍빛 그리움을
꽃망울에 담아
눈 녹이고 피는 열꽃

홍매화여.

찔레꽃을 보며

달빛 강에 흐르는
하얀 별이여
슬픈 미소여

지난날들의 언어가
수줍게 피어날 때면
꽃향기 떨구면서 떠나가는 이여

조금 더 기다려달라는
집착은 변명이라며
풀벌레들까지 아우성치면

은빛 물결 일렁이며
먼 길 떠나는
서러운 찔레꽃.

동백꽃

간밤의 비가
그대 마음 열었는지
고운 얼굴
동백꽃이 피었다
활짝 피었다

빠알간 속살 깊숙한 곳엔
무슨 비밀 숨었을까
내일이면
다 드러낼
불잉걸 같은 사랑

겨우내 간직한
내 순정 주려는데
언제 오시려나.

단비

얼마나 달콤했으면 단비甘雨라 했을까
가뭄에 쏟아지는 한줄기 소나기에
농부는 신나게 콧노래 불렀지
단비야 내려라. 주룩주룩 내려라

밤새도록 열병 앓는 그대 가슴 식혀줄
단비야 내려라. 주룩주룩 내려라

오는 길에 날 저물거든 하룻밤 쉬었다가
민낯으로 구름 타고 단비야 내려다오
그대 오는 길목에서 온몸으로 맞이하리.

2018. 4.13
vhee

잠을 깨우네

한여름 밤

정자에서 나눈 정
강물 따라 흐르는데

아름다워라
밤이슬 깊은 곳에
잠든 은하수

찬바람이 깨우네.

9월의 낙엽

생의 절정을
황홀한 빛깔로 우려내고

이제는
머뭇거릴 수 없어
떠나려 하는데

붉게 젖은 추억들이
살랑대며 다가와

아직 때 이르거늘
쉬엄쉬엄 가란다.

가을

밤새
포근함이 그립더니
가을이 다가오는
손길이었구나

그리움은
더
짙어지겠구나.

2019.09.24

가을의 문턱에서

어제도
밤공기에 취해
내내 기다리던 소리는
가슴속 깊이 묻어둔 당신의 이름이었다

뙤약볕에 길게 자란
옥수수수염을 볼 때면
흐뭇함에 겨워 서글퍼지는 초가을

오늘 찾았던 소리는
야윈 몸으로 노래하는 잎사귀의 바람처럼
해묵은 그리움 안고 올여름과 함께 떠나는
수수깡과 바람의 연가

가을바람 속에 연주곡이 익어갈 때면
지리했던 장맛비를 훌훌 털고
뼛속 깊이 새겨진 달밤의 추억과 함께
내년을 언약하지만

그래도

가슴속 깊이 맴도는 소리는

가을 햇살 속에 피어나는 당신의 이름이다.

가을에게

여름 내내 풀벌레소리에 지친
가을에게
아무 말도 건네지 않았다

살아남기 위해 빛바랜 옷을 벗고
먼 길 재촉하는
가을을
물끄러미 바라보았다

뒤돌아갈 수 없는 그곳에서
다가온
가을이기에
가슴으로 다가가서

두 손 움켜잡고
긴 겨울을
함께
바라보자고 했다.

가을 햇살

소리 없는 몸짓으로
가을 들녘 노닐다가
배춧속 깊은 곳에
허락 없이 앉았더니
달빛마저 안달이나
바쁜 걸음 오는구나

내 떠나야 함을 알면서도
향에 취해 잠들었으니
어쩔거나
어쩔거나.

낙엽

절정이다

그리움에
물들고

기다림에
젖은.

빨간 옷을 벗다

가을 하늘
고추잠자리 한 마리가 하늘 아래 빙빙 돌다가
가을 나무 위에 앉았다

가을 나무야
추운 겨울이 올 텐데
난 떠나가도
빨간 옷 그대로 입고 있으면
안 돼

그러나
가을 나무는 빨간 옷을 벗고 말았다.

가을밤의 꿈

지난날들의 흔적이 아름답게 느껴지는 날
저 하늘 깊숙한 곳에 새겨둔
우리들의 이야기가 별빛 타고 들려온다

"이담에 우리 크면 서울로 올라가서 돈 많이 벌어서 하얀
쌀밥 배불리 먹자. 그리고 고운 신발도 사고 따뜻한 집도
짓자던"

오랜 세월이 흘러
우리들의 꿈이 달빛에 빛날 때
따뜻한 집에서 하얀 쌀밥을 배불리 먹었어도
채워지지 않는 허기는 그 무엇일까?

밤의 무게가 온몸을 감싸는 날엔
우리들의 은밀한 이야기 하나 만들어
더 깊숙한 곳에 감춰두자

가을이 다가오는 손길처럼
그리움이 더 짙어 오는 날

차곡차곡 채워둔
우리들의 이야기를
남몰래
하나둘 펼쳐보자.

떨어진다는 것은

떨어진다는 것은
기쁜 일이다

아직
떨어지지 않으려고
매달려 있는 것은
다시 태어나기 위한 인내

모난 가지를
자르고 다듬는 것도
잘 떨어지기 위한 연습이다

들녘을 곱게 채운 낙엽들은
지난날의 추억일랑 모두 잊었을지라도
해마다 추위에 익숙한 나뭇잎은
떨어짐의 미학을 이미 알고 있었다.

배추

밭이랑에 나란히 누워
삶을 이야기 한다

비바람과 뙤약볕을 안고
달빛 아래 겹겹이
채운 고독
부끄러이 감춘 삶

고랑 건너 무밭에는
차마 곁눈질도 못 하고선

애틋한 손등마다
초록 주름 깊어지고
밤공기 차가워지면

이제
새로운 길 떠날 채비 서둘러야 한다
서리가 오기 전에.

눈 내리는 날엔

눈 내리는 날엔
어릴 적 산자락에서 토끼 발자국을 따라 뛰어놀던 추억과
벙어리장갑을 끼고 눈을 굴리고 굴려서 욕심만큼이나 큰
눈사람을 만들던 시절이 생각납니다

말없이 내리는 눈을 바라볼 때 그리움이 더해지는 까닭은
잡힐 것만 같은 아련한 작은 손이 눈을 맞으며 내게로 걸
어오기 때문인가 봅니다

말없이 내리는 눈을 바라볼 때 그 사람이 더욱 생각나는
까닭은 지난 여름날 장맛비에 젖은 추억이 눈송이가 되어
내게로 다가오기 때문인가 봅니다

살아오면서 눈 내리는 날 만나자던 약속을 지키지 못한 것
은 지난날의 추억을 보듬으며 살아가라는 우리들의 애틋
한 운명인지도 모릅니다

오늘처럼 눈 내리는 날엔 호숫가의 찻집에서 만나자고 약
속할 사람 하나 있었으면 좋겠습니다.

12월에는

12월에는
지금껏 걸었던 오솔길을
뒤돌아보지 말자

한 장만 더 비우면
새로 담을 시간 있거늘

흐트러진 발자국마다
참회로 채워 넣고
흰 눈으로 감싸주자

채우다가 멈춘 자리
미련 하나 있거들랑
사랑의 종소리로
어둠 속을 깨워보자

언 손 녹여줄
따뜻한 두 손이 되자
12월에는.

온정적 삶의 정서와 다짐의 미학

— 최부희 시집《한 박자 쉬고 반 박자 더》의 시 세계 —

함 홍 근

(시인 · 지구문학작가회의 고문)

문학은 곧 인생이며, 허구인 가상의 세계라고들 말하지만 주로 소설 쪽에 편향된 접근법의 일면이요, 체험적 논픽션 같은 계통의 장르에서는 육체적 정신적 진실에서 얻어지는 "삶"으로 인지되는 경우가 더 허다할 것이다.

나는 진실 쪽에 무게를 두고 싶다. 한 편의 시야말로 인생의 한 단면을 올곧게 그려 잘 구워낸 청자나 백자이다. 또한 한국적 곡선미가 넘쳐나는 여든여덟 칸 기와 한옥이요, 정승의 큰 저택과 같다고 본다. 처마 끝의 날렵한 곡선미와 날아갈 듯 용마루에 걸터앉아 우리의 삶을 내려다보고 있는 와당의 천년 미소가 바로 시의 세계이다.

시는 감성의 글이며 정감의 글이다. 시는 유리알처럼 투명하며, 흐르는 샘처럼 맑아야 한다. 소리 없이 자기 소리

를 감싸 안고 흐르는 물이며, 때로는 돌고 굽이치며 떨어지는 요란한 소리로 나와 우리를 훈육하는 깨우침이 담긴 글이다.

시를 쉽다고 말하는 이들이 있으나 실은 어려운 장르이다. 등단 환갑이 내일 모래인 나에게도 시는 쓸수록 어렵고 조심스러워서 두렵기까지 한 것은, 스스로 시의 깨침이 좁고, 부족하다는 의미가 크다고 보아 늘 분발을 다짐하지만 쉽지가 않다. 사고력의 부재, 독서량의 미달로 그 원인을 잡으면서도 따라가지 못하는 아쉬움만 크다.

이런 때에 최부회 시인의 시집 해설의 청을 받고 나름대로 걱정과 부담이 있었으나 서로는 신뢰의 중량과 분발의 감내가 컸음이라 위로로 삼는다. 최부회 시인의 사회적 지명도나 숭고한 인품, 서글서글하며 인정미 넘치는 시선과 겸손한 언행 등 어느 일면의 흠도 없기에 더욱 망설였던 터이다.

시집의 각 부에서 각각 다섯 편을 선정하고 다시 두세 편으로 압축하여 해설하기로 하였다.

촘촘히 엮인
틈새를 비집고

구불구불한 길
거리낌 없이

들락거린 삶

지난 자리
겹겹이 쌓은 정은
무늿결로 다가와도

네 가슴 울린 날들은
회한으로 남겠네.

– 〈바늘〉 전문

　"낙타가 바늘귀 속으로 들어가기"나 "'모래밭에서 바늘 찾기" 등은 매우 어렵다거나 거의 불가능에 가까울 때 인용되는 말이리라. 작자가 표출하고자 하는 〈바늘〉의 의미는 무엇일까? 작은 것이나 보잘것없는 것, 그러나 과거 우리네 생활에 필수 불가결한 필수품이었다. 삶을 한 땀 한 땀 굽이굽이 기워가는 헐벗은 백성들의 지친 삶 속에서 감고 누비고 덧기워가며 하루를 이끌어가는 우리 어머님들의 한의 정서다. 희미한 호롱불 아래 눈을 비벼가며 가족의 하루를, 헤진 바지저고리로 감싸주는 쌀과 같은 존재이며, 군불 같은 따스함이다. 쇠처럼 단단하게 참고 견디어 온 어머니의 슬픈 정서, 그것이 〈바늘〉이다. 애이불비哀而不悲의 표상이다. 여인 잔혹사의 현장이다.

　"촘촘히 엮인/ 틈새를 비집고// … / 거리낌 없이/ 들락거린 삶"은 작자의 어린 시절을 잘 대변해 주고 있다.

한두 번, 한 가지도 아닌 "촘촘히 엮인" 하루의 실타래는 누구에게나 고행의 길이었고 눈물의 삶이요, 미래가 불투명한 굴곡진 삶의 집합체였을 것이다. 그러나 불평과 거리낌 없이 닳도록 바늘귀 속을 들락거렸을 그분들의 얼룩진 눈물이 이슬처럼 투명하다.

"겹겹이 쌓은 정은" 보람되고 의미 있게 옷깃마다 잦아들고 떠오르더라도 다 하지 못한 가책이 "네 가슴 울린 날들은/ 회한으로 남겼네"라고 울부짖고 있다. 너는 누구인가. 세상사 하나하나의 기억이요, 가슴 속에 앉아계신 부모님이 아니면 최부희 시인과 또 하나의 나에 대한 자아성찰이요, 회한의 아픔 같은 것이 아닐까.

'바늘-삶-한' 으로서 정서가 〈바늘〉 전편에 흐르는 울림이요 흐느낌이다. 그러나 '남겼네' 의 끝 어절에 남긴 '미완의 독백' 과 '미묘한 여운' 은 비통이나 슬픔으로 끝나는 좌절의 회한이 아니라 극복의 의지와 숭엄한 정신세계가 함께 아우러진 카타르시스의 따스한 입김으로 젖어 있음을 본다.

하루하루
챙기지 못한 일상의 조각들이
촘촘히 짜인 사각 틀에 채워지면
비로소 나는 옷을 벗는다

어제의 흔적 지우려고

물에 헹궈 비틀어 짜고 나면
휑한 가슴과 오래된 얼룩만 남아
구겨진 추억 잊으려고
오늘도 다림질한다

찌든 주름 깊어지기 전에
새로운 길을
뜨겁게 달구며 나서면
주름진 시간 환히 펼쳐지리니

이것은
오랫동안 습득한
나의 삶.

– 〈다림질〉 전문

다림질하면 흔히 세탁소를 떠올린다. 참 편한 세상이 되었다. 집안의 옷들은 거의 다 할머니 어머니들의 땀과 눈물이 괴어있는 한 사발 물이다. 빨아 말리고 풀들이고 하는 다림질이 우리들 삶에 일상화되어 있었다.

말린 옷감에 입 안 가득 품었던 물을 흩뿌린 다음 네 귀 끝을 잡게 하시곤 "꽉 잡아" 외치며 숯불 다림질하시던 어머님, 할머니의 주름진 얼굴이 새삼 클로즈업되어 나타나신다. '질'은 반복, 거듭됨의 낮춤말이요, 문법상 어미의 구실을 한다. 손질, 빨래질, 주먹질, 심지어 선생질까지 쓰

이는 형편이다. 그만큼 우리 삶에 친숙하게 자리 잡은 용어이다. 근래에 와서는 이러한 인정미 넘치는 우리말이 하나 둘 잊혀가는 유감의 한계를 넘어서고 있으니 어찌하랴. 아름답고 순수한 우리말이 한자어나 외래어에 묻혀 버리는 이때 우리말을 발굴, 발전시키는 거목이 속출하기를 내심 고대해 본다.

"어제의 흔적 지우려고/ 물에 헹궈 비틀어 짜고 나면/ 휑한 가슴과 오래된 얼룩만 남아/ 구겨진 추억 잊으려고/ 오늘도 다림질한다"의 일상적 표출은 〈다림질〉 시제의 압권으로 인정된다. 바쁘게 다람쥐 쳇바퀴 돌 듯 돌아가는 하루의 연속이 "촘촘히 짜인 사각 틀"로의 기술記述도 놀랍다. 일상의 선반 위에 올려놓은 대나무 광주리처럼 정직하고 선명한 감각에 박수를 보낸다.

"구겨진 추억"은 일시적으로나마 때론 펴지고 지워지고 사라지지만 찌든 삶에 흔들리다 보면 또다시 구겨지고 헐어 떨어져서 닳고 마는 것을. 그러나 최부희 시인은 외친다. "찌든 주름 깊어지기 전에/ 또다시 걸어야 할 새로운 길을/ 뜨겁게 달구며 나서면/ 주름진 시간 환히 펼쳐지리니"의 다짐과 각오는 80편의 시 전편에 골고루 심겨 있어 고향 시골 산천을 보는 듯 상쾌함이다. 이러한 의지 앞에는 응어리진 과거의 피멍도 삭혀지고, 굳게 닫힌 추억의 쇠창살이 녹슬어 있어도 끝내는 열리고야 말 것이다.

다른 시 〈수세미〉에서도 다짐의 미학과 청결의 시학이 잘 나타나고 있다.

먹다 남은 김칫국물과
세상의 찌든 때까지 머금어야 한다

– 〈수세미〉 3연

위 시에서 수세미의 속성이 잘 압축되어 있다. 예리하고
철저한 관찰력은 그만이 갖는 감수성의 산물이요 특징이
기도 하다.

부러지지 않고
닳는다는 것은
슬퍼할 일이 아니다

호미가 닳고
삽이 닳는다는 것은

오랜 시간
더 약한 것을 만났기 때문이다.

뼈마디 깊숙이
닳고 닳은 삶은

호미의 살결과 무엇이 다르랴.

– 〈닳음에 대하여〉 전문

〈닳음에 대하여〉 5연 10행의 단조로운 시로 보이지만, 그 속엔 더 강인함이 내재해 있다. 단연 제목의 희귀성이나 제재의 선택에 관심을 가지게 된다. '닳음'은 무엇인가. 휘거나 부러지지 않고 곧고 깨끗하게 닳아 없어지더라도 슬퍼하거나 좌절하지 않으려는 강인한 의지의 내면화다. 그러한 내면화에서 넘쳐 녹아 흐르고 있는 시뻘건 화산의 몸부림을 본다.

"부러지지 않고" 날마다 알게 모르게 닳아지는 세월의 흔적은 최부희 시인이 살아온 삶의 족적이며, 일기요, 자서전이다. 하루의, 한 달의, 일 년의 연속적 생활상이다. 슬퍼할 일도, 망설일 겨를조차 느끼지 못한 숨찬 발걸음이며 내일로 향하는 미래의 지향점이다. 그러므로 "아니다"라고 울부짖는 단정적 외침은 다짐의 함성이리라.

이러한 최부희 시인의 각오는 "더 약한 것"이 아닌 한층 강력한 의지의 길로 달려갈 수 있는 '더 힘찬' 것에의 갈망이 은연중에 잠재해 있음을 본다.

"뼈마디 깊숙이/ 닳고 닳은 삶은" 그의 "호미의 살결"처럼 빛나며 강하고 굳건할 것이다. 닳아 없어지더라도 더 나은 내일, 더 보람된 내일의 길로 매진하려는 다짐의 자세는 누구나 본받을 만한 감동을 주고 있다.

호미와 삽은 농가에서 빠질 수 없는 생업의 잣대요, 터전의 주춧돌이다. 모든 것은 닳고 있다. 우리의 피부, 생각, 느낌도 바라보는 시에 대한 정감이나 유년의 향수까지도 매일 닳고 있음에 뼛속 깊숙이 골수에 파고들 일이다.

내가 좋아하는 사람은
오후 내내 입 다물고 빈자리 지킬 때
수줍은 미소로 다가와
소소한 이야기로 휑한 가슴
채워주는 사람

막걸리와 파전이 댕기는 날엔
해맑은 미소로 다가와
술 한잔하자고
보채는 사람

잠 못 이뤄 뒤척일 때면
그럭저럭 한세상 살면 된다면서
조용히 웃어주는 사람

가진 것 없어 남루한 모습일지라도
맑은 영혼으로 다가와
늘 함께하자며
두 손 내미는 그런 사람.

－〈그런 사람〉 전문

  단순한 표현과 솔직한 진행이 마음을 잡는다. 최부희 시
인의 시에는 가식이나 기교가 없다. 잔재주를 부리려 하지
않는다는 의미가 강하다. 지나치리만큼 은유의 속옷도 걸

치지 않고, 그렇다고 직유의 겉옷만 걸친다는 것은 더욱 아니면서 순수하다. 흐름이 매끄럽다. 보첨 참맛을 담고 있는 자연산 나물의 향취가 시의 행마다 숨어 있다. 인생의 진실함이 곳곳에 숨어 얼굴을 내밀고 있다. 상징적 심연의 언어나 현학적 시구의 허세는 최부희 시인의 시 어디에서도 찾을 수 없다. 그만큼 참신의 미가 날빛처럼 빛난다. 간혹 숨은 은유가 날갯짓을 하고 직유는 은유의 치마폭에 안기어 옷고름을 펄럭이기도 한다.

그런데도 그의 시에는 울림의 가락이 흐른다. 내밀화된 율조는 행과 연의 끝마다 꿈틀거린다. 깊은 율조의 장고, 꽹과리, 피리소리와 가락이 우리들 심금을 울린다.

"내가 좋아하는 사람"에서 "횅한 가슴/ 채워주는 사람", "술 한잔하자고/ 보채는 사람", "조용히 웃어주는 사람", "두 손 내미는 그런 사람"으로 이어지는 연발적인 착상 또한 놀랍다. 누구나 알고 느끼는 일상이지만 오후 내내 빈자리 지킬 때, 수줍은 미소로 다가서는 사람이 있어 얻는 위안은 친구, 동반자, 글벗 누구도 좋다. "수줍은 미소"의 얼굴로 다가서는 이도령과 성춘향은 지금 어디쯤 가고 있을까. 그러나 때로는 기다림 없는 능동의 돈키호테가 되라. 그러면서도 아픔, 슬픔, 고통, 비애 등을 술로 달래는 소시민의 하루가 언제나 맑은 영혼으로 함께 손 내미는 이웃으로 차고 넘치기를 바라는 "그런 사람"이 되고 싶다. 그러나 사람은 늘 만족할 수 없는 일, 만족이란 희망의 착각 속에 또 하루는 저물기 마련이다.

그 무엇이
채워지지 않는
이 허기는
저 별빛만 알고 있다네.

- 〈어떤 날〉 4연

  이 시에서 허탈한 외침은 가장 낮은 자리에서 부르짖는
"어떤 날"의 함성도 더운 가슴 식혀 줄 한 사발의 물로, 막
걸리 한 잔 속에 투영되어 차고 넘치는 메아리로 우리들
영혼 속에 되살아오리라. 산골에 울려 퍼지리라.

태백초등학교에 다닐 적에
수업이 끝나는 오후엔
빈 지게를 지고 산에 올라가서
화전민이 심은 무를 뽑아
지게에 한 단을 지고
십 리를 내려오면
십 원을 받았다

태백중학교에 다닐 적에
어둑한 저녁이 되면
땔감 열 단을 지게에 지고
십 리를 걸어가면
팔십 원을 받았다

한참 세월이 지난 지금
주말이면
지게 대신 배낭을 메고
십 리를 걸어가도
한 푼 못 받는다.

- 〈십 리 길〉 전문

　〈십 리 길〉 3연의 단조로운 몇 마디 시행이 가슴을 울리
며 눈물 나게 한다. 가슴이 쓰려온다. 십 리 길이지만 실제
거리는 길고 멀었으리. 오르락내리락 산길을 몇 십 리 길
의 허기진 지게 짐이 짐작 가고 남는다. 고통의 시그널, 그
시간이 얼마나 길고 멀었을까. 하루해가 다 넘는 것 같고,
졸라맨 허리끈은 제길 바쁜 줄 모르고 자주 흘러내렸으리
라. 최부희 시인의 어린 시절과 젊은 날이 눈앞에 지나감
을 본다. 땀도 눈물도 흘렸으리라. 세상의 원망도 보리 싹
틔우듯이 키우며 뚜벅뚜벅 짚신이 닳도록 걷고 걸었고, 수
많은 언덕을 오르내렸을 일상의 실타래가 엉키어 있음을
본다.

　천진난만하게 한참 뛰어놀아야 할 초등학생 때 겪게 되
는 아픔, 가난의 굴레, 생활고의 한을 겪어내기에는 벅찼
으리라. "무를 뽑아/ 지게에 한 단을 지고/ 십 리를 내려오
면/ 십 원을 받았"고 중학생 때는 "땔감 열 단을 지게에 지
고/ 십 리를 걸어가면/ 팔십 원을 받았다"는데 이 평범한
표현 외에 무슨 가식이 필요하겠는가. 어떤 문법적 요소,

수사 기교가 필요하겠는가.

초등학생이 중학생이 되고 더 자라 나이가 들수록 고통의 나날과 생활에의 멍에는 피멍 든 어깨를 더욱 짓눌렀을 것이다. 한은 더욱더 깊었으리라. 그러나 '무 한 단'에서 '땔감 열 단'으로 커지고 깊어지고 무거워질수록 내심 견디고 극복하려는 의지는 '한 단'에서 '열 단'만큼이나 정신적, 육체적으로 그만큼 성장, 발전했으리라 믿는 마음이 커 다소의 위로가 됨은 어인 까닭일까. 아득한 옛날처럼 느껴지는 지금은 '지게'가 '배낭'이 되어 "십 리를 걸어가도/ 한 푼 못 받는다"고 한다. 최부희 시인의 시작 의도는 바로 이 끝 연에 있을 터. 아픔이 넘치는 과거를 슬퍼하지 않는다. 다만 이런 삶이 인생의 '큰 스승'으로 여기며 보이지 않는 너털웃음으로 클로즈업시키는 감명적 묘미의 엔딩은 배울 만하다. 이러한 너털웃음 신사로 대학에서 강의도 흘러가리라.

〈밤이슬〉의 "달그림자에/ 그리움 매달더니// 새벽닭 울음소리 안고/ 길 떠나는/ 나그네"는 떠나는 '나그네'와 처사적인 품행이 닮은 듯도 하여라. 지팡이 짚고 길 떠나는 '나그네', 저 알 수 없는 만면의 미소, 저 풍류 인생을 보고 닮아 가게나. 이처럼 최부희 시인의 시는 풍류가 넘친다. 눈물의 삼킴이며 달관의 지자智者이다. 한 정서를 좀처럼 드러내려 하지 않고 온정적 삶의 정서로 승화시킨다. 극복의 정서, 정화의 미소가 시의 행마다 줄기차게 달리고 있음에 나는 만족한다.

별들이 잠들면
밤이 걷힐 것을 생각한다
그리고 맞이할 아침을

멀리 떨어져 있다고 해서
혼자가 아니듯이

보이지 않으면 어떠하랴
눈 감으면 되지
외로우면 어떠하랴
향기 묻은
추억 하나 있으면 되지

밤새 매만지던 그리움이
숨결 깊이 배어나니
멀리 떨어져 있다고 해서
혼자가 아님을
새벽이 다가올 때 알았다.

– 〈혼자가 아니듯이〉 전문

〈혼자가 아니듯이〉 시는 제목 자체가 갈 길을 조용히 안
내하고 있다. 요란스럽게 떠들고 손짓 발짓으로 아우성치
는 상업적 가이드도 아니다. 인생을 어느 정도 깨우친 자
만이 누리는 지름길이다. 우리가 걸어야 할 둘레길이다.

매사 긍정과 수긍의 자세로 펼쳐지는 신작로같이 언제나 달관의 유유자적하는 마음의 흐름은 길가의 코스모스다.

"멀리 떨어져 있다고 해서/ 혼자가 아니듯이" 언제나 둘이고 열이며 백이다. 떨어져 있거나 가까이 있거나, 없어도 가까이한 듯, 언제나 든든한 친구가, 이웃이, 사랑하는 사람이, 가족이 나를 가까이 두고 있고, 내가 또한 그들을 가까이 두고 있다는 표현 역시 생각의 큰 그릇에 빠져들게 하는 발상이다.

"보이지 않으면 어떠하랴/ 눈 감으면 되지/ 외로우면 어떠하랴/ 향기 묻은/ 추억 하나 있으면" 된다고 한다. 무엇이든 극복의 자세다. 없어도 있는 것이요. 외로워도 즐거운 것이다. 조용히 침잠해 보라. 눈 감으면 모두가 추억의 향기로 다가서고 있지 않은가. 있음과 없음의 상관은 때로 무관의 관계에 매어 있다. 없는 것도 있는 것이요 또 있는 것도 없음이려니, 그렇게 마음을 먹으면 굳이 철학적 판단에 근거를 두지 않더라도, 터득이 쉽게 이해의 길을 열어 주는 듯싶다. 칸트의 비판을 떠나서 헤겔의 변증법적 이론을 논하지 않더라도 어느 정도 감동을 얻기가 틀림없는 듯하다.

"향기 묻은/ 추억 하나 있으면 되지" 다른 말이 필요하랴. 보이지 않아도 눈감으면 보이고, 외로워도 추억 하나 골라 잡으면 유년의 철부지 친구가, 젊은 날의 사랑이, 우리의 천지 산하가 달려오고 있지 않겠는가. 재생의 의미, 복원의 새 삶이 춤추고 있다. 저 한용운의 외침을 보라.

"타고 남은 재가 다시 기름이" 된다고 하지 않았는가. 〈혼자가 아니듯이〉는 희망의 가교로 아늑한 보금자리의 지렛대다. 건설의 톱니바퀴다.

봄날, 호미질하다가
돌 틈에 핀 제비꽃을 보았다

겨울을 듬뿍 채운
연보랏빛 웃음으로
다가오는 앉은뱅이 꽃

더 나지막이 고개 숙여 다가서면
친구처럼 반기는
그 눈빛에서 겸손을 배웠다

봄에 피는 풀꽃에는 배려가 있어
앙증맞은 제비꽃을 피우고 나서야
키다리 접시꽃이 피어
함께 어울려 살아가는데

배려도, 어울림도
모르는 세상 속에
우리가 살아가고 있다.

— 〈제비꽃을 보며〉 전문

이 시는 자연 친화적 감상의 태도가 보인다. 그러면서도 그 속에서 얻어지고 인지되는 가르침을 잊지 않고 있다. 사회적, 가정적 안정을 잡고서도 언제나 버릴 수 없는 일상의 언어와 같은 낫, 호미, 삽, 그리고 마음의 지게, 배낭 등은 현재까지 달려온 변혁적 현실 속에서도 결코 고난의 과거를, 어리고 젊은 시절의 피와 땀과 눈물을 잊을 수 없다는 다짐의 의미로 받아들이고 싶다.

제비꽃과 접시꽃에서 유추되는 따스한 접근과 입김, 겸손과 후덕의 미소, 양보와 배려 등, 꽃과 함께 살아가고 있는 모습은 시인이 앞으로도 그렇게 살아갈 것을 기도하고 바라는 마음의 발로이기도 하다. 심성이 꽃처럼 순수하다는 의미가 크리라. 웃음으로 다가오는 제비꽃의 겸손과 접시꽃의 배려 속에서 어울림의 미학을 찾아내는 통찰력이 높이 평가된다.

"배려도, 어울림도/ 모르는 세상 속에/ 우리가 살아가고 있다"는 결어는 탄식이 아니라 깨우침이다. 내가 웃지 않아도, 웃으려 하지 않아도 제비꽃은 '돌 틈'에서 웃고, 스치는 바람결에도 웃으면서 나에게 겸손을 배우게 한다. 앙증맞은 제비꽃에 대한 키다리 접시꽃의 배려는 '어울림' 속에 하나가 되기를 바라는 간절한 기도는 어느 때쯤 끝나려나. 영혼으로 남는 날까지 가꾸고 심으리라 본다.

이러한 기도는 다른 시 〈동백꽃〉 끝 연에서 더욱 선명하게 나타난다. "겨우내 간직한/ 내 순정 주려는데/ 언제 오시려나."(〈동백꽃〉 3연) 간구하는데 글쎄요. 시인은 웃고

있다.

> 12월에는
> 지금껏 걸었던 오솔길을
> 뒤돌아보지 말자
>
> 한 장만 더 비우면
> 새로 담을 시간 있거늘
>
> 흐트러진 발자국마다
> 참회로 채워 넣고
> 흰 눈으로 감싸주자
>
> 채우다가 멈춘 자리
> 미련 하나 있거들랑
> 사랑의 종소리로
> 어둠 속을 깨워보자
>
> 언 손 녹여줄
> 따뜻한 두 손이 되자
> 12월에는.
>
> — 〈12월에는〉 전문

필자가 시 해설의 제목으로 제시한 〈온정적 삶의 정서와

다짐의 미학〉은 앞에서 설명한 여러 편의 시가 '한恨에 대한 온정적 삶의 정서'라면 이 작품은 '다짐의 미학'에 맞추어 있다. 그러나 큰 의미로 해설의 초점은 바로 〈12월에는〉에 깊은 비중이 있다고 하겠다.

해설에 동원된 모든 작품은 여기에서 시작되고 여기에서 끝난다는 견해로 보았으면 한다. 12월은 끝이 아닌 출발점의 문턱이며, 일상의 종착역으로 집결되지만 돌아보게 하는 시작이다. 밤이 가면 아침이 밝아오기 때문이다.

"12월에는/ 지금껏 걸었던 오솔길을/ 뒤돌아보지 말자"고 다짐한다. 오솔길이면 어떠냐. 낭만이 있다. 동양적 토속적 향취가 있다.

신작로면 어떠냐. 우마차도 다니고 자전거와 자동차가 다닌다. 아이들, 어른들이 달려가고 웃음이 꽃핀다. 문제는 "뒤돌아보지 말자"다. 이 작품의 핵심이다. 반추된 삶의 발자국을 기억하지 말자. 아쉬워 말자. 모두가 사랑으로 넘쳐 있어야 한다.

그러한 외침은 "새로 담을 시간"이 무궁한 가능성을 열어주고 있기 때문이다. 꿈과 희망이 넘쳐흐르는 새해로 다가서려는 의지와 자세가 어쩌면 흥분으로 가득 차 있을지도 모른다.

이렇게 강렬한 의지는 "흐트러진 발자국마다/ 참회로 채워 넣고/ 흰 눈으로 감싸주자"며 더욱 구체화하고 있다. 한때나마 "흐트러진 발자국"을 흰 눈으로 덮어버리려 하지 않고, "감싸주자"는 외침은 그의 다짐을 우리 이웃들에

게 던져보는 권유의 함성이요 메아리로 남아있어야 한다.

"채우다가 멈춘 자리/ 미련 하나 있거들랑/ 사랑의 종소리로/ 어둠 속을 깨워보자"며 권유하는 것은 나의 힘으로는, 한 인간의 힘으로는 채울 수 없는 부덕의 그늘을 두 손 모아 빌어보는 것이리라. '사랑의 종소리'로 '어둠'을 깨워보는 일, 마지막 의지의 소명으로 간절한 구도정신이 잘 드러나 있다.

그러면서 "언 손 녹여줄/ 따뜻한 두 손이 되자"고 했는데 육체적 두 손의 구원이나 정신적 마음의 손도 구원의 손일 것이다. 이러한 작자의 시 정신은 그의 시 전면에 잘 녹아 흐르고 있음을 본다. 감싸고 안아주고 보듬어주는 것이 그의 시 제목마다 간단하면서도 우리 생활에 깊숙이 자리 잡고 있는 불가결한 요소를 함축하는 데 기저를 두고 있다고 본다.

따라서 시의 전반적인 정서는 불평, 불만, 부정의 마음이 없으며, 긍정과 수긍의 자세, 감사와 봉사에 대한 시의 구절이 어디에나 넘쳐나고 있다고 하겠다.

지금까지 언급한 1부의 시 〈바늘〉과 〈다림질〉에서 드러난 전통적인 한의 정서는 온정적 삶의 정서로 극복하여 남은 인생의 끝자락까지 안고 나아가리라 의심의 여지가 없다.

2부의 〈닮음에 대하여〉와 〈그런 사람〉에서는 곧고 바르게 용서와 관용으로 점철된 강인함의 함성이 닳고 닳더라

도 굽힘없이 호미의 살결처럼 더욱 빛나게 남겨진 삶을 감내하리라 믿어본다.

　3부의 〈십 리 길〉과 〈혼자가 아니듯이〉에서처럼 다 함께 새로운 각오로 맞이할 여명의 빛을 그리며 살아야 한다. 섭리를 찾아오는 진리는 이미 터득한 포용의 윤리이거늘 그리움에 매달리는 감상에 젖어 있지 않을 것이다. 고난과 극복의 의지는 〈십 리 길〉에서 뜨거운 피눈물과 위로의 한적한 오후를 보았고, 〈혼자가 아니듯이〉에서는 별들이 잠들어 있어도, 보이지 않아도 달려오는 그리움이 있고, 외로워도 꽃의 향기 속에 줄기찬 삶의 행진을 간직하리라 믿는다.

　4부의 〈제비꽃을 보며〉와 〈12월에는〉에서 꽃의 미소만큼이나 정답고, 고개 숙인 것만큼이나 반가운 친구가 되고, 눈빛만큼이나 겸손할 것이다. 배려만큼이나 어울릴 것이며, 뒤돌아보지 않을수록 앞으로 나아갈 것이다. 그늘진 발자국마다 흰 눈으로 감싸줄 것이며 언 손 녹여줄 것이다.

　최부희 시인의 시에는 시련과 아픔은 있으나 사랑이 가득하다. 고운 미소가 있으며, 향기가 가득하다. 산과 들, 개천과 논두렁이 있고, 밭고랑이 길게 뻗어 있다. 초가지붕과 기와집이 있으며, 민초들의 잔주름이 배어 있다. 그동안 살아온 온정적 삶 속에는 관용이 넘쳐 난다.

　그 속에는 율격과 질서가 자리 잡고 있으며, 시적 리듬에는 반복의 율조가 깊이 숨어 있다. 아리랑 가락이 흐르

고 장구와 나팔의 울림이 있다. 우리들의 심금을 흔드는 리듬은 귀와 손에 잡힐 듯 잡힐 듯하면서 안겨들다가 달아나는 맛이 있다. 멋이 있다.

2020년 8월 우중에

한 박자 쉬고 반 박자 더

지은이 / 최부희
펴낸이 / 김정희
펴낸곳 / 지구문학

03140, 서울시 종로구 종로17길 12, 215호(뉴파고다 빌딩)
전화 / (02)764-9679
팩스 / (02)764-7082

등록 / 제1-A2301호(1998. 3. 19)

초판발행일 / 2020년 9월 1일

ⓒ 2020 최부희 Printed in KOREA

값 10,000원

E-mail/jigumunhak@hanmail.net

ISBN 979-11-965316-3-8 03810